纵使寂寞开成海，让我们用文字慰藉彼此。By 耿 帅

目　录
CONTENTS

Chapter 1

一个人的时光

有些人　擦肩而过后便会永不相见

而有些人　只一面之缘　却会想念一辈子

时间
薄如蝉翼

有些人，擦肩而过后便会永不相见。

而有些人，只一面之缘，却会想念一辈子。

时间薄如蝉翼。

没有一个人永远地在另一个人的世界里停留，都只是路人。

最终，我们还是各安天涯。

一直憧憬自己可以有一场说走就走的旅行，一直希望自己可以有那么一个能为之奋不顾身的人。

可，事与愿违。

我们一直徘徊游走于都市丛林中，面对形形色色的诱惑，面对漫漫长夜的寂寞，面对来自各方面的压力，不得已失去了许多。

当午夜的时钟指针转过 12 点，白昼里所有发生过的事情就已属过去。

时间周而复始，我们却再也回不到过去。

我们开始害怕自己没有多余的精力，像年轻时去经历并且承受，那些感情上的挫折坎坷。

你想要的只是一份安定的生活，寻找一个人安稳地陪着自己过日子。

你渴望有那么一个人出现，给自己一个温暖的港湾。

可是你也明白，婚姻不是儿戏，不是两个人有爱情就可以幸福。

婚姻的促成来自于方方面面，有的是为了传宗接代，有的是为了避人口舌便仓促结婚，而有的则是持有“一辈子总是要结婚，只是时间的早晚而已”这种心态。

而你认为，婚姻是在这个大千世界里寻觅那个对的人。

隐忍的心

很多时候，我们对于喜欢和爱的定义是模糊的。

喜欢一个人，可能是因为他单方面的某个条件而着迷，顿生好感。

爱上一个人，其实并没有任何理由。

所有可以说出口的理由，都不算是真正的理由。

那些你自己说出来的理由，有时却难以表达你内心最真实的情感。

但是在我看来，只想一直在一起，那种程度才是真正刻在骨子里的爱。

你会参加闺中蜜友的婚礼，最后新娘抛花球永远是大家瞩目的焦点。

据说，抢到花的人会是下一个结婚的人。

有好友会怂恿你去争那个花球，说那是摆脱单身现状的好兆头。

但是，只有你自己知道，婚姻对现在的你而言，就是未知数。

你的回忆开始翻涌，你想到你曾经和他去过的餐厅，点餐时的嬉笑，眼里仿佛没有其他人的存在。

你想到你们曾经看过的电影，你已经没有勇气把它翻出来再独自看一遍。

你想起你们也曾规划并实现过的海上旅行，直至现在想来也会嘴角不经意地上扬，那段日子真的很甜蜜。

你想起你们一起计划要去共同实现的梦想，但那些梦想已经遥不可及。

你下定决心开始让自己走出一个人的世界。

你开始精心打扮自己，每天给人耳目一新的感觉。

你也学会了小小期待一下，等着有人来搭讪。

可是，大多数人不相信你依旧单身。

当电影院推出超级便宜的情侣套餐时，你却不得不支付那个较贵的单人票。

你心里像明镜似的，知道暂时无法改变现状的原因。

你有走不出的阴影，你有敞不开的心扉。

你不愿再轻易对人道出最真实的自己，早在许久之前你就学会隐瞒自己的心思。

你害怕再次受到伤害，结果就像受伤的小鹿似的，在无人的地方舔舐自己的伤口。

你像蔷薇一样，用刺来保护自己。

那是一颗一直隐忍的心，在不停地隐隐作痛。

磁场记忆

有一天，你闲来无事，翻看自己曾经写过的微博：

“我没有心愿，只想拜托你一件事，如果可以，请在未来的时光里，想起我……”

“有没有一瞬间，你心疼过我的执着”。

恍如隔世，你甚至模糊到记不清他的模样，但是那段在一起的日子却那么清晰。

i love you

朋友们都劝你，别再等那个不可能的他，别再等那个不该等的他，别伤了不该伤的心。

但是我们往往都是花了许久才明白，自己真正怀念的到底是什么，不是那个人，而是那个时候的自己。

可是你却养成了一种习惯，偷偷地看他的微博，看看他有没有更新什么内容。

不时地去邮箱，看他给你发送的唯一一封邮件，那封告别信。

你明明知道这种决绝已是注定，你却反复读反复看，都快一字不落地背下来了。

你苦笑，自己的记忆力太好。

只是有些经历过的事，就像烧红的烙铁一样，在自己身上烙下永远的印记。

曾经那个人的不经意出现，是给你的成长上了一堂课。

你以为他是你生活的依靠，你以为他就是陪你度过未来的那个他。

其实，你错了，他只是一个路人甲，给了你短暂的错觉，教会了你一些道理。

等到潮起潮落后，待时间安排你与其他人遇见，你才会发现，这只是属于你一个人的记忆，让你在午夜梦回时，独自回味。

你原来固执地以为你们在一起就是永远地在一起，你从没有想过会有分开的那天。

可惜，那也只是你以为。

结果你们还是在没有争执后，和平分手。

在感情世界里，分开后的两个人中，总会有一方放不下另一个方。

当然，后续的感情与他无关。爱与不爱，只能自行了断。

你会各种想象他的现状。

他有没有另一半？他一个人过得还好吗？他还会不会时常想起自己？

你突然觉得，你们在一起的美好时光只有片刻那么长。

在片刻的欢愉后，回归到一个人的宁静。

最初的你会像行尸走肉般，无心梳洗打扮，深夜会梦到他，醒来时枕头湿了一片。

你的头发在不经意间脱落，你的面色不再像原来那般红润，你规律的作息时间在一点点被打乱，憔悴得令人心疼……

你的闺蜜死党劝你不要在一颗树上吊死，因为生命里有些人错过了就是错过了，无论以后的日子以怎样的姿态去重新开始，却始终还原不了它最初的本色，过去的就让他过去吧！

即使那段日子的记忆像磁场一样牢牢地吸附在你大脑中，但终究有一天你会被另一个磁场吸引过去。

时间和新欢是治愈感情伤痛的良药。

直到有一天，你的内心磨出了坚硬的壳，你不再想起那个人，甚至当你朋友无意识地提及那个人时，你的心都没有再起一丝波澜，那么，你已经成长了。

所谓的成长，就是强迫你去接受一些你原本不能接受的东西。

就好比，你不会想过，你认为会陪你一直到最后的那个人竟会中途离席。

“永远的幸福不存在，而永远的不幸也不存在”，这是别人对于“幸”与“不幸”的定义。

每个人想法不一样，只要你能说服自己，摆脱磁场似的旧记忆，那么，为何不坦然重新来过？

《Titanic》中有这样一句台词："I figure life is a gift and I don't intend on wasting it. You never know what hand you're going to get dealt next. You learn to take life as it comes at you.（我觉得生命是一份礼物，我不想浪费它，你不会知道下一手牌会是什么，要学会接受生活。）"

你不妨仔细揣摩一番。

好久不见

缘分是个很微妙的东西，它冥冥之中可以将原本不相识的两个人联系在一起。

倘若没有共度一生的缘分，也好过老死不相往来的仇恨。也许还可以在若干年后，某个转角相遇，然后相视一笑。

爱一个人其实真的很简单，只是单纯地想留他在自己身边，对他有种莫名地依赖和无处不在的思念。

忘不了，放不下，离不开。

你还会站在原地痴痴等待，也许还会有重来的那一天，也许他还会再回到你的身边。

有一些事，只能当做记忆。而有一些人，只能当做过客。

我们不能逃避记忆，我们也不能否认过去发生的事，也无法忘记那个人。

时间的流逝，不断地思量与追忆，伤口在时间的治愈下渐渐愈合。

数年之后，烟消云散。你还是你，我还是我。

只是我们，都已回不到过去。

这个世界很大却也很小，你原以为两个人分开之后就再也不会见面。

可是，老天总是一次又一次给你开这种玩笑。

你们再一次见面了，也许身边还有另一个人的存在，亦或是，你们单独的两个人。

那一瞬间，你愣住了，脑海里浮现的问题是，该说什么？

“好久不见？”

“你过得还好吗？”

他的回答肯定是：“我很好，你呢？”

你不知道如何打破这种尴尬的局面，到最后还是他先开的口，“好久不见啊，最近还好吗？”

三言两语的寒暄终究会以“那你好好照顾自己，我走了”来结束。

他走后，你是否会想，也许，我们以后真的再也不会见面了，我们真的不会再有交集了……

没有一个人离开一个人就无法活下去。

短暂的心痛之后，你会重新开始新的生活。

最开始你过得一点都不好，你却永远要装出一副你过得很好的样子来。

有朋友问我，为什么姑娘们一旦分手后都要故作坚强？

明明过得不好，连外人都看得出来，为什么还要自欺欺人？

我想，这样只是为了让自己心里好受一些吧。

不想在他面前那么脆弱，因为他不能再保护你，你就要好好保护自己。

不想让他觉得你离开他就无法一个人好好生活。

倔强，逞强，固执。

总无外乎于这些因素，让姑娘内心变得坚强，却让外人以为狠心、没心没肺。

但有些姑娘的狠心，往往都是在提出分手的刹那体现得淋漓尽致。

可我却无法理解，为什么，会有说变就变的感情。

是用情不够深？还是自己被蒙在鼓里太久，对方只是不爱了或者根本就没有爱过？

但是，感情都已走到了终点，无论是同床共枕的人还是远在异地的人，既然选择了放手，不如给曾经的爱留一条生路，何必带着对另一个人的恨过完余生。

日复一日，你的心智不断成熟，你可以理智地剖析你们为什么没有走下去。

当局者迷旁观者清，这个道理你时刻提醒自己。

你在不断地分析中明白你们有很多不适合，时间越长对于你们来说只是互相折磨彼此罢了。

如此一来，你便想开了，多了安心与释然。

总有一天会再见，或再也不见。

Chapter 2

一个人的彷徨

有一些事　　只能当做记忆

有一些人　　只能当做过客

而总有一个人　　想念于过往

却永远地消失在你的生命里

悲伤过后 微笑依旧

你参加朋友的婚礼，看到平时觉得并不是很漂亮的姑娘穿上婚纱后格外美丽动人。

傍晚，在匆忙回家的路上，你路过婚纱店，脚步会不由自主地停下来。

在美光灯下，那些橱窗里模特身上的婚纱让你浮想联翩，自己穿上后会是怎样的效果？

女人认为，穿上婚纱后的自己是最美的。

对于结婚的憧憬，也许就是一件漂亮的婚纱令你怦然心动。

其实，让自己瞬间想结婚的理由有很多，身边的姑娘在小聚的咖啡馆里各种谈论，自己到什么地步才会和别人结婚。

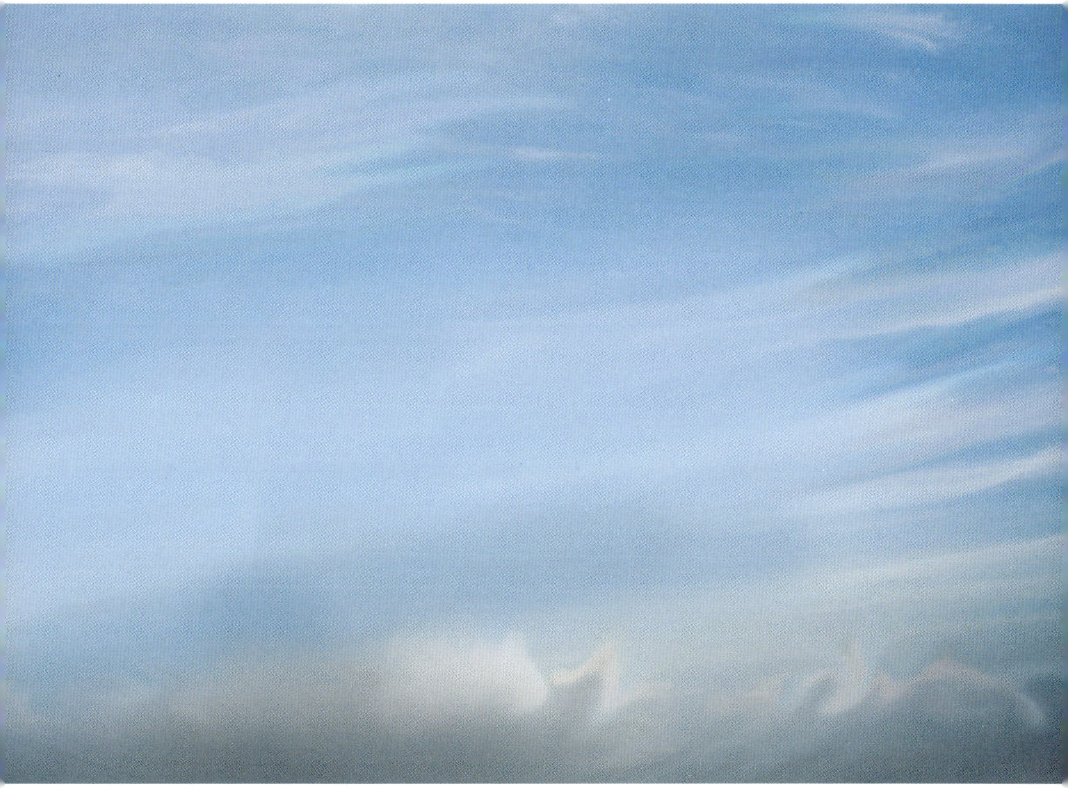

有的姑娘："我很怕夏天雷雨季节，希望打雷的时候身边能有个人陪着自己，告诉我'有我在，别怕'。"

那种外表看起来娇柔的姑娘，或是像典型的巨蟹座姑娘缺乏安全感，她们寻求的是，家的港湾和最坚实的臂膀。

有的姑娘："冬天好冷，希望有个人能搂着自己进入梦乡。"

其实解决寒冷的问题，铺个电热毯、抱个热水袋之类的就行了。她们渴望的是，有人陪伴打发黑夜漫长的孤独。

有的姑娘：“想找一个多金土豪又爱我的，在我被例假困扰而不想做家务的时候可以替我做。”

这种典型依赖性强的姑娘，她们想结婚的理由在其他人眼里实在是太现实了。

当然不是说我们不要现实，只是抱着这种想法去寻找结婚伴侣的姑娘可要注意，现实中不是没有而是很少，如果你遇到了，请珍惜，如果没有遇到，那么也就放弃这个念头吧。

还有的姑娘："等到父母催促的时候，便和他们安排的某个相亲对象结婚算了，反正一辈子总是要嫁的，与其自己去找不靠谱的，还不如他们找知根知底的，无论背景、收入、长相，估计都靠谱些。"

对于抱有这种想法的姑娘，相信他们的父母也是为自己的女儿各种把关后，精挑细选出来那些相亲对象，放心将自己的女儿交给他。

只是有一点，这样的姑娘如果不自己去经历一段感情，直接从单身迈进婚姻殿堂，有些事情是永远不会体会到，也永远学不会。如果你说，先结婚后恋爱，那又另当别论了。

世事变迁，你在一点点变得更加成熟时，你的观点也会悄然改变。

可是再怎么变，终究抵不上时间让父母的双鬓斑白，背影佝偻。

如果你一个人在异地生活，只有逢年过节的时候才回家看看他们。当看到他们白发的时候你也会出现动摇，下次一定带着那个他回家让父母放心。

可是你每次计划这样做，却没有一次兑现。

平日里和父母通电话，在他们的唠叨声中，你突然发现自己是个不孝顺的孩子，让父母不省心、不放心。

在其他事上你是一个孝子，可是唯独在寻觅人生的伴侣这方面却总让父母放心不下。

在你经历过那些段感情后，父母看在眼里疼在心里。他们盼望你可以稳定下来，有一个照顾你心疼你保护你的人，不求与你相濡以沫，但求相敬如宾。

其实你也不想让自己变成现在这个样子，你一面含糊地答应一定会将他带回来的同时，一面在检讨自己的心，一直以来你不愿意将就，只是不想违背自己的心。

你坚持认为你追寻的是一辈子的幸福，不止是另一半。

可是幸福又是什么？

幸福就是牵着你想一直牵的手，一辈子不松开。

一直陪伴在你身边，经得起坎坷，过得了平淡。

心中有爱就有幸福，幸福在每一个可以兑现的承诺里。

假如还没有遇到那个带来幸福的人，那么还是选择静静等待吧。

悲伤过后，微笑依旧。

复刻回忆

爱很难投入，一旦投入，便很难走出。

你很难会为同一个笑话笑上多次，但是你会为一个人留无数次的眼泪。

你很清楚，即使你哭光了所有的眼泪，也是无济于事。

但是你控制不住自己的泪腺，眼泪就像决堤的洪水般。

也许哭出来可以减少你内心的痛苦，但是从分开的那一刻起，你们已经成为彼此生命的路人，再无瓜葛。

你在想，即使成为不了他的另一半，做个红颜知己也算足矣。

i miss you

可是，往往分开后的两人便成了彼此最熟悉的陌生人。

许多人问为什么？为什么分开后就成了敌人，老死不相往来？

有一些事，只能当做记忆。有一些人，只能当做过客。而总有一个人，想念于过往，却永远地消失在你的生命里。

也许，当两人爱过、怨过、恨过，便很难再笑着做朋友，总有一方不肯原谅另一方。一旦老死不相往来，那么所有的过去只会成为沉甸甸的回忆。

如果有幸成为朋友，那么你所能做的就是祝福了。

有人说，爱的反面不是恨，而是淡漠。

淡漠，意味着心里不再有对方的位置，而不再想起。

没有余恨，没有深情，不知用何种心态再去面对对方，更没有力气和心思再做哪怕多一丁点的纠缠。

所有剩下的，都是无所谓而已。

重新开始，不断地遇见，不断地离别，不断地重逢。

人生如戏，悲欢离合轮回上演。

TICKETS

你开始在一个人的世界里彷徨，离开他后你似乎发现你的世界完全陌生。

洗手间里，情侣杯中已经消失了一支牙刷。

放在自己Burberry London女士香水旁的男款已经没有了踪迹。

衣柜里少了一半的衣服，你们曾经穿过的情侣衫，也只剩女士那件孤零零地悬挂在那儿。

外出就餐时，点的都是他爱吃的菜。

你已经习惯了，习惯一旦养成便很难戒掉。

你开始质疑自己，这一切终究是一场梦还是这一切真的发生过。

你奋不顾身过，你也极力挽回过。

你始终不能接受你们分开后就永远形同陌路，为什么就不能以普通朋友的形式继续去关注对方？

你偶尔会走神，望着空荡荡的房间，觉得寒气逼人。

没有一丝温暖，曾经的欢声笑语，好像徘徊在天花板上却又挥之不去。

时间可以改变一切人和事，所谓的沧海桑田转瞬成了弹指一挥间。

两个人在一起的时候，为了维持这份感情多少都会付出，为自己亦为他。

你想尽一切办法努力做到最好，但是因缘而聚，缘尽便散。

你犹豫是否删除原来的短信，那些文字甜得能渗出蜜似的。

其实你也知道，即使删除了，也删不掉你的记忆。

有一天，你想开始新的生活。

可是，你发现你对恋爱、结婚开始惶恐。

这些事就像烫手的山芋，你不知道如何去应对它。

你在总结过去经验的同时，也在审视自身现状。

恋爱或者婚姻都应该是幸福快乐的，即使有争执有互相的折磨，也应该有让步有妥协。

身边的闺蜜们在围绕这个话题的时候，总会滔滔不绝：“第一段恋情会投入百分百的心，到第二段的时候就会打对折了，以此类推，到最后不再相信爱情了。等到万不得已要结婚的地步，就随便找个人嫁了。反正一辈子也是要嫁人的，嫁谁都一样。”

我们在不经意间改变了许多，变得不那么笃定去相信一个人，甚至在看到另一半细小的变化后就会胡思乱想。

安全感，对于我们来说，是尘埃落定的安稳，但好像越离越远。

到最后，我们分分合合的理由似乎早已不重要了。

争吵，冷战，威胁。

最初的真心，在一次又一次欺骗与背叛后的争执中渐渐被忘却。

遗留的伤疤只会提醒自己下一段感情不要那么认真那么投入，到头来或许受伤的还是自己。

我们都躲在自己的世界里，不再那么百分百地去相信别人。

每个人隔着心墙，结果人与人心越来越远，无法靠拢。

彼此缺乏安全感，互相不信任，结果纷争再一次出现，最后的结果又回到了最初的轮回。

流年似水，不怕时间在脸上任意雕刻出岁月的痕迹，就怕心境已不复当初……

猜不透

有时候，直到一些珍贵的时刻成了回忆，你才会真正意识到它的价值所在。

你以为，你爱他，其实你只是爱上了一个理想的幻影。

你以为，你爱他，其实你只是爱上了那个时候的自己。

你以为，你爱他，其实你只是爱上了两个人在一起时的那种感觉，而不是那个他。

我们都固执地以为一辈子很漫长很遥远，我们以为有些事只有面对了经历了才是真实的。

我们的“以为”太多了，那些埋藏在心底许久的话，到最后还是如烙铁般留下最深刻的伤。

感情上，有太多的猜不透。

对于那个最亲的人，在某一时刻，他的一举一动，你真的猜不透。

我们都很擅长口是心非，却又都希望对方能第一时间察觉出来。

我们都很擅长隐瞒自己的想法，隐瞒自己的现状，隐瞒自己过得不好，却又希望对方能回首，然后再一次重新来过。

可是，这往往都是事后自己一个人在心里默默地思量。

这个时候，你应该好好想一想，如果，你没有遇到那个改变你一切的人，你的世界，又会有什么变化？

感情上，两个人都会因为对方而改变一些。

改变都是在悄无声息中进行着，不刻意、不张扬、不做作，恰到好处。

也许一段感情到了最终，你都不会发现，原来你们在不经意间已改变了彼此，沾染上对方的习惯。

你觉得自己一直活在他影子里，那些他的习惯，如影随形。

你想要摆脱，但是却怎么也甩不掉。

要知道，没有那么容易可以改变一个人的习惯。

也许，我们用尽一生也猜不透感情中的那些微妙之处。

既然如此，便坦然接受曾经的他留给你的最后念想吧……

Chapter 3
一个人的执念

对一个人有没有感觉只需要一秒钟便可知

对一个人的执念往往会出乎意外

十年踪迹
十年心

对一个人有没有感觉只需要一秒钟便可知，对一个人的执念往往会出乎意外。

身边有这样的一个姑娘，从初中起，喜欢上和自己一起在CD店打工的一个大学男孩。他们有共同的兴趣爱好，有数不清的共同语言和默契。

可是当得知男孩有一个红颜知己，她便开始隐藏自己的感情，这一隐藏便是十年。十年没有和那个男孩有过任何联系，只是每天默默地看着男孩发的BLOG，微博。

直到现在，有好友还会问她：“他对于你来说是怎样的存在？你的青春已经给了他，难道未来也给他嘛？”

她会笑而不答，答案在她的眼神和嘴角那抹笑容中不言而喻。

其实，你要相信，总会有一个人会默默把你所有更新的动态从最初看到最后。

你的一举一动总会牵动一个人的心，只是你自己不知道而已。

世界上总会有一个人在等你，当你回归到你最终的港湾，只是时间的问题。

但是你却一直宅在自己的小圈子里，不肯走出。

你原来也不喜欢宅，你也不孤僻，只是习惯了一个人的独处。

那么细细想来，宅到怎样的程度让你始终一个人？

● 你突然迷恋上一些小玩意，比如十字绣，比如手工巧克力的DIY。

即使你的闺蜜认为，你做这些还不如多出去见见阳光认识新朋友更好。

你觉得一个人很自在，你可以把衣服到处乱扔，不会有人说你一个姑娘家的不讲究，你觉得自己怎么过得舒服怎么来。

日子是为自己而过的，不是为别人。

● 你可以把你追的电视剧还有电影一集集地播放，那些人物之间的对白，你只字不漏地记了下来。

你不喜欢逛街 shopping 了，即使有那么几个闺蜜喊你出去，可是，你宁肯你的衣柜里只有那么几件反复穿的衣服，总之是怎么随意就怎么来。

● 你喜欢穿松垮的睡衣，蓬松着自己的头发，习惯在睡醒后第一件是就是翻找手机。

● 你有固定喜欢的甜品、饮品，一旦习惯就不轻易地去尝试别的口味。

● 你有时候身处闹市区会觉得浑身不自在，你从来不会认为一个人会孤独到死。

● 你会默默盯着某样东西失神很久，久到你回过神来，竟然会说一句："都到这个时间了"。

宅，让你的活动圈子变得狭小。

虽然你安于现状，可是你仍旧感慨为什么那个人还没有出现？

你应该好好想想，是你自己将遇见的机遇扼杀在摇篮之中。

感情还是不要勉强的好，一段感情若是凑合着过，时间久了，便知与这个人适合与否。

若适合，那么就这样过一辈子，有的人认为很幸福，有的人却觉得被束缚了。

不适合，那么双方就会看到对方各种缺点，争执与不信任相继而来。

那时候，不再与对方纠缠而是变成最熟悉的陌生人，会不会比较好？

在你的生命里，会有这样的一个人，让你难以释怀。

甚至当你读到这段文字的时候，你的脑海里就会有这样一个人浮现出来，即使记不清楚他的样貌，但是你会记得你们一起做过的一些事情，他对你说过的一些话，总是那样的刻骨铭心。

或许在你电脑文档中有这样一个文件夹，是你再也不会去打开的，里面有你们曾经的照片。

直到你们分开许久，你都未删除。

不是因为你不舍，而是你想时刻提醒自己：

下一次，让自己不再跌入同一个深渊。

你翻看你们之前的聊天记录，看着看着会开心地笑。到后来，你看着看着就哭了，哭得撕心裂肺。

你问，为什么人心是说变就变的啊？好歹也是同床共枕过的，好歹也是一起倾心相交过的啊！

其实，人心就像太阳雨，开心的时候内心也许还滴着泪。

你以为你的真心可以换来真心，也许只会换来别人的不屑一顾。

友情以上 恋人未满

就我个人而言，不太喜欢有人对我说：“你不用掩饰自己，其实我很了解你。”

我想每个人都是如此吧。

即使别人真的很了解你，你却将自己的心包裹得很严实，不愿让别人轻易地揣测出来。更何况，那个说很了解你的人可能是对你有所图，才故作深沉。

他要是聪明的狐狸，你便要做狡猾的猎人。

不是说，对感情不要太投入，不要去轻易相信别人。

只是在这个容易被伤害的年代，我们要对自己更好一些。

我们一直封闭着自己的心，让自己变得小心翼翼，因此我们失去了很多，与那个他相识的机会。

但，新的邂逅都是机缘巧合。

在你闺蜜给你介绍认识的人里，总会有那么一两个，无论如何都不死心追求你的人。

你在抱着“看看能不能从中找到那个对的他”的希望，而尝试并去接受。

他会在下雨天提醒你带好伞，多穿一件外套挡风。

他会在你家楼下给你带份热乎乎的早餐。

他会在你上班或者上课累了时，给你发一条很恰当的短信，提醒你要多注意休息。

你似乎觉得他掌握了你的一举一动，你向来都渴望有这样一个人时刻关注你，渴望被人这样呵护照顾。

可是你知道，他这样做还是无法真正地敲开你的心门。

你知道，爱就是心疼。

他可以喜欢很多人，但是心疼的只有你一个。

他们对你到底是喜欢，还是爱？你始终不了解。

所以，你想用时间来证明那个人的心，看看他到底能维持多久。

有时候，你选择与他保持距离，不是因为不在乎，而是因为你清楚，他不属于你。

不管是什么样的原因，你像是全副武装的刺猬，用锋芒保护自己脆弱的心。

可是，真正爱你的人，他会用各种理由让自己留下，只是因为他真的爱你。

终有一天，他，突然消失了。

当你习惯性地开机，等了好久都没有收到那个熟悉的号码发来的短信。

当你习惯性地下楼，看看右边花坛旁没有站着那个熟悉的身影。

当你说服自己再多等等的时候，你开始苦笑，又

一个半途退出的失败者，还是那么没有耐力，没有坚持下来。

你又开始过上一个人好好照顾打点自己的日子，你尝试不去想这个人，可是你发现，你竟然有点上心了。

你惊讶于自己的反应，你以为你不是一个容易再动感情的人，可是偏偏对于这个人莫名其妙的消失而耿耿于怀。

你已经习惯有个人走进自己的生活，他就像电脑病毒一样，篡改了你的程序。

等你习惯有他的日子之后，他便全身而退。

你是不是觉得自己很落魄？

你并不清楚，他到底是怎样的想法。放长线钓大鱼？还是就这样从此罢手？

日子恢复平淡如水，没有一点涟漪，又重新回到原点，寻找的游戏又重新开始。

对于你而言，这段时日，友情以上恋人未满的牵绊，又是一种怎样的存在。

我们都要好好的

都说，单身时，自己会定下各种衡量另一半的标准。

有着和自己匹配的身高，帅气又阳光的外表，时尚的穿衣品味，学识渊博，不错的收入，和自己有着共同的兴趣爱好……

当你定下这些标准之后，你带着它们上路，去寻找这样的人。

可最终，恰巧遇见那个他之后，让你自己都忘记了这些曾经定下的标准。

也许你爱上的，并不是一个多么优秀的人。

但至少，你把他放在自己心里最重要的位置，甚至超越了自己。

不是说，把他放在第一位，就是不对自己好。

其实两者同时做到并不难，两个人互相信任后，你渐渐对他的事情样样上心，久而久之，你会发现，你关心他比关心自己更多。

但是，对自己好也很重要。

如果一个姑娘在还没有遇见一个人之前，不好好爱自己，那么你又如何去奢望别人能爱你呢？

感情经历多了就会麻木，有一天等你想安定下来的时候，却是那么的难。

感情不是儿戏，对自己好点吧，不要因为被几个人伤过后再也不相信爱情，也不要随意把简单的喜欢放大成为爱。

爱是，即使过得平淡无味，却还只想和身边那个人在一起一辈子。

爱是，你甘愿为那个人付出你的一切，不图回报。

爱是，即使有个被公认更优秀的人出现在你面前，你心里还只有那个也许并不怎么优秀的他，或是在你眼里已经是世界上最优秀的那个人。

感情只有在磨合中才知道是否适合，但是如果从一开始便知没有结果，就不要浪费自己的感情和时间。

要记住，一个人，没有多少个几年，十几年，去等待一个根本不属于自己的人。

Chapter 4

一个人的当下

过去的永远回不去

当下的会决定未来

一个人
想着一个人

一个人的时候，其实你并不形单影只，只是你的心里住了一个不可能的人而已。

细雨点滴的日子，拉开窗帘，原本明亮的客厅在阴霾的笼罩下显得有些压抑。

一个人坐在地毯上，茶几上还凌乱地堆放着吃过外卖的餐盒还有易拉罐。笔记本电脑随意地搁置在沙发的某一个角落，屏幕上正播放《One Day》。

你在等待，期待在对的时间遇到那个对的人。

你内心依旧渴望有那么一个人出现。

这样你可以对他嘘寒问暖，无微不至。

你可以将你尘封许久的温柔释放出来。

在你习惯一个人之后，在你逐渐忘记两个人是如何生活的时候，你渐渐明白你想要怎样的人给予你怎样的生活。

你想要的那个他，是能给你带来你一直寻求的依赖感和归属感。

为了等待这样的他出现，你许久都是孤身一人。

别人劝你放低姿态，你却很无奈。不是自己要求高，只是没有遇到。

你偶尔还会路过曾经满载你回忆的餐厅、影院，你也会走进去点一杯当时点过的饮品。你还记得你们当时调侃这个饮品的味道和色泽。

不是追忆，只是想找回两个人时候的自己。

你不是忘不了，你也不是念念不忘。

你心里清楚，忘记一个人，并非不再想起，而是偶尔想起，心中却不再有波澜，那是一种淡漠。

也许每个人的电话薄里都会有一个电话号码，那个号码你永远不会去拨打却又永远不会删除。

每个人的心里都会有一串数字，在心里、脑海里翻来覆去，随时都可以从脱口而出。

每个人的心里都会有那么一个人，你永远不会去提，也永远不会忘记。

于是，你开始不那么在乎。

你开始学会磨练自己，学会可以不那么在乎旁人的催促。

当清楚地知道自己想拥有的是什么的时候，属于你的那个人在多远的未来并不重要。

重要的是，你已经学会如何更好地生活下去。

不可预知的未来

年轻时的我们，会有一场轰轰烈烈的爱情。

总会为一个人，让自己不计后果地去付出。

无论最后的结局是什么，都义无反顾。

某年的某日，你细数着从你心里划过一万多天的时光，他们像走马灯一样，不断地回放，眷恋不已。

年轻时的你，喜欢喝着纯净水，觉得自己就和那纯净水一般，没有味道，平平淡淡。

忽然有一天，你想换种口味，你开始迷恋上苦涩的ESPRESSO或甜丝丝的Latte。

在经历了许多事情之后，你突然发现，自己已不复当初。

对着镜子，不经意间你察觉到自己平添了一丝白发，头发稀疏了不少。

时间就像一把杀猪刀，把眼角的鱼尾纹刻得难以填平。

白天的你，在高档的写字楼里为生计忙碌着，在他人眼里，你是一个成功的女强人。

可是你觉得自己在感情上是个失败者。

晚上，你会参加各种宴会。

你精心打扮，精致的妆容都掩藏不了岁月对你的摧残，还有那颗曾经热血的心。

不管此时的你，独自一人也好，身旁有人陪伴也罢。

好好珍惜现在所拥有的，一个人的时候就好好珍惜这种自由且无拘无束的时光，若是身旁有那么个人愿意陪你到老，那么也请珍惜。

有这样一个推论：

世界人口60多亿。一生有：80×365=29200天（平均按一个人寿命为80岁），假设平均每天可以遇到1000个人左右。那么一辈子能遇到人的总数：29200×1000=29200000人。两个人相遇的概率：29200000÷6000000000=0.00487　这仅仅是相遇的概率而已。从相识来说，平安的活到80岁大概会相识3000人左右。那么相识的概率：3000÷6000000000=0.0000005（即是千万分之五）。相知的话，一辈子有几个知心的朋友？从小到大，假设有20个人的话，20÷6000000000=0.000000003（即是十亿分之三）。

不用刻意去计算有多少概率，光是一个倾心相知的朋友都不容易，何谈相爱？

这个世界上不会有什么人，什么事会一直停留在那里等着你。

况且每一个对你好的人，其实他们本可以不用这样对你好。

你若想得到你想要的人，你想要过的生活，就别单纯只是期望。

人生苦短，经不起那漫长的等待。

可却有很多人，到了一定的年龄就开始心急于自己的终生大事，大多数都是来自家庭的压力与催促。

你每天都在听着家人的絮叨：“你看，张姨的孩子昨天办了酒宴，好像有三四十桌啊”，“你看，你认识的那个小C的孩子生了个儿子”，“对了，你那个好友Ella不是也结婚了嘛，过得怎么样，挺好的吧”，“你什么时候带个回来让我们看看”。

如果父母气急的时候连“你不着急我都替你着急，都这么大了，难不成还要我养你一辈子嘛？你有没有孝心，有没有良心啊？”这样的话也会说出来。

LOVE

你不要把这些事情放在心上，父母的担心仅仅局限于他们希望有个人能替他们照顾你一辈子而已。

所有的抉择都是自己随心而定，幸福与年龄无关，不是随着自己年龄增长就不能追求自己的幸福。

最初的爱情

你的生活总是要过下去，而所谓生活就是让你尝到一半幸福、一半痛苦。

一个人之所以能过得幸福，是因为她带着一颗想要幸福的心，为了忘记曾经的痛苦而努力，为得到幸福而努力，只有这样才能拥有真正的幸福。

而痛苦的到来则相反，你永远地活在记忆里，你始终不肯跳出这个圈子。

你用伤心勒住你的咽喉让自己不能喘息，除了痛苦，还有什么呢？

我们往往会在某一个漩涡中不断地挣扎，不断地迷茫，在我们最初的爱情里沉沦。

一个人的当下，是迈向两个人未来的重要路口。

深夜十二点，你点开和他的对话窗口，不是为了再一次找他聊天。

你只是想看曾经的聊天记录，你从第一页看到了最后一页。

你好像回到了过去，你们开始认识的那一天。

起初的你们，聊天小心翼翼，话题有些局限。每到时间点便以“我该睡了，晚安”这样的结束语结束两个人的对话。

渐渐地，因为某个意外的TOPIC，你们之间的距离感逐渐消失，可能是因为喜欢某一本书，可能是因为喜欢某一部电影、一首歌。

你看到你们一路走来，从小心翼翼到越来越了解对方，这样的缘分是你从来没有想过的，

那么突如其来，却又那么自然。

当初你以为，那就是永远。

后来，你们开始有语言上的冲突，再到后来，你不知道从什么时候开始，吵架、冷战已是家常便饭了。

直到最后，分手的那一刻，你说过什么已经完全记不清了，可这段感情却一直在影响着你。

细心的你，将你们曾经看过的每一场电影票都做了珍藏，有些电影票已逐渐退去它鲜亮的墨迹，有些文字也已模糊不清。

你抚触过每一张电影票，原来，电影票上的字会随着时间消失不见，就像当初陪你看电影的人。

Chapter 5

两个人的未来

有的路　要用心去走

一个人的当下

只为了两个人更好的未来

人生若只如初见

伤口是别人落在你身上的痕迹，你自己一直坚持的幻觉。

偶尔你也会想起他，有些爱真的不得不各安天涯。

应该恭喜这个时候的你，因为你的智商和情商又恢复到正常状态。

你若回望过去的自己，你会理解：恋爱中的的女人智商都为零。

智商和情商是不分的。

没有了智商，你就只剩下太丰富的情商。

你开始思量你们之间的许多问题，像情感专家似的去小心经营你的感情。

这样原本很好，两个人的感情本来就是应该好好经营。

但凡事都有个度，恋爱中的女人对同性的嗅觉相当敏感。

如果他和另一个女性有较频繁的来往，在你情商过高的情况下，你很有可能会各种猜忌，搜寻证据。

如此便会让他格外反感，他会觉得你小心眼，会觉得你不知足，干预他自己的圈子。

一旦遇到这样的问题，其结果只有一个字：吵。

不断地争吵，感情就是在一次又一次的争吵中被削减了好感度 .

你会看到对方身上各种缺点，你会疑问他怎么和原来不一样了。

到最后，你们不欢而散。

也许，你没有经历过这样的事。

无论你经历与否，有个忠告：两个人的相处不吵架也是可以的，就看你怎样去维系。从吵架那一刻开始，你们的感情就会有裂痕。

即使当时和好如初，却像带有裂痕的瓷器，印记是永远无法磨灭的。

在任何方面，我们都后知后觉。

失去之后开始惋惜开始后悔，却永远不懂得在拥有时去倍加珍惜。

有时候，会期待时光能够倒流返回到某一时段。

幻想着重新来过，可时间无法逆流。

我们走过一圈，也无法再回到原点。

既然，我们再也回不到过去。

那么，我们不如选择，消失在彼此生活中，淡忘于彼此的记忆里。

你还没有想好以怎样的心态去面对下一个出现在自己生命里的人，你的闺蜜好友依旧孜孜不倦地为你介绍各种和你属于同类人的那个他。

你却从来不相信还有一种治愈伤痛的方法是另觅新欢，所以你永远带着抵触的心理去面对身边的异性。

你的抵触，不是因为那个人有多好令你无法忘记，而是源于你自己一味地执着。

你一半的人生是在度日，一半的人生便活在回忆里。

“人生若只如初见，当时只道是寻常。”

亲爱的姑娘，爱情就是生活的甜品，也是一件拿得起就要放的下的事。

触不到的未来

这些年你是如何过来的，那些心酸，你心里最清楚。

你秉着“道不同不相为谋”的理念，对那些再无瓜葛的人说，再也不见。

单身的你将时间与精力全部投入到事业上，不断提升自己的内涵。

你光鲜的外表，让周围的人觉得你强势、精干。

你被各种赞誉，可感情上的失意，还是让你无法直起腰板。

日子就在这样的循环往复中一点点被消磨，在薪资和生活费不断上涨的同时，你的年龄还有脸上的皱纹也在增长。

也许在你身边还会有相同境况的单身朋友陪着你，你们互相安慰互相鼓励，只是希望你们中间有一个能早点踏出这个阵营。

早些年，你们的话题会围绕着时尚、新鲜事物、职场。

而现在，你们会不由得提起过往。

不是你们想回忆过去，而是帮对方分析过往经历中失败的原因，想着未来遇见下一个他的时候该如何应对。

但是单身的你想摆脱现状就必须有所牺牲，而这其中最重要的就是你的精明。

一个人精打细算地过日子，什么都安排好，你觉得是理所当然。

但是如果两个人在一起时，有时候傻一点、不聪明点，多依赖一点未必不好。

你可以当做偷个懒，其实获得的是两个人的心安。

一个普通的男人，应该是不希望自己的另一半过于优秀。

女人太优秀太强势，男人是没有安全感的，他们在女人身上无法看到自己存在的意义。

要知道，太直率的两个人或许是无法长久地在一起，毕竟两个人在感情上都太理性的话，遇到问题却都不会让步。长此以往，争执和不信任相继而来。

人们常说，婚姻需要保鲜，感情也需要滋润。

当下的保鲜滋润方式各种各样，选择定时地各自旅行，这样的分开让彼此都知道自己离不开对方。

选择分房而居，这样即使不在一起，但是知道对方在同一个屋檐下也会觉得心安。

选择签下协议，彼此各自单身，几年后，你若未娶我若未嫁，两个人就在一起。

也许，单身久了的人在感情上往往理性多于感性。

那么，如果遇到了那个对的人，请记得，感情还是感性多点好。

有的路
要用心去走

有一天，你身边的一个好友给你讲述了她的故事，那个故事唤起你和他在一起时的记忆和那种感觉。

好友的感情生活很稳定。

所谓的稳定，就是没有那么多波澜，和和睦睦地过日子，偶尔会拌点嘴，但是也不大吵。

某一日，她路过商场化妆品专区，看到两个女人为了一个男人大肆动手，争执声此起彼伏。

她说道："我一直以为，我的生活平淡无味，总想能过得像电视剧一般，偶尔有个第三者上门闹闹，有条暧昧的短信让我们大吵一下，让生活变得戏剧性点。可是当这一切真的目睹过后，我突然觉得就这么安逸地过，也挺好。"

无论是谁都会有厌倦的一天，即使身边的这个人对自己再好，再无可挑剔，总还是会有对他抱怨的一天。

你记起你们分开的理由，他对你有很多的抱怨，以至于你无法承受。

但是，两个人在一起，时间越久，就会看到对方身上越多的缺点。

是选择争吵？还是忍让？

如若争吵，那么两个人就没有未来可言。

如若忍让，彼此间的隔阂便会一点点地消失。

两个人的生活，远比一个人的生活要复杂。

面对两个人的未来，无论以哪种方式相处，都不要忘了，人生的道路是要用心去走。

有朋友说，在念大学的时候，想和某个人直接去领结婚证，什么都不考虑，不考虑家庭，不考虑有房有车，不考虑经济来源与收入，就想纯粹领个结婚证和爱的人一起生活。

可是年龄渐长，似乎到了该结婚的年龄，自己却已经没有了想和爱的人结婚的冲动。

其实，不是爱得不够深，而是害怕两个人在一起越久，就会越厌倦对方。

到那个时候，曾经感情再好的两个人也会散。

你一直在寻找最好的生活模式，可是这些年过去了，你却仍然停留在原地并维持着现状。

不是害怕自己再也找不到更好的，只是不想一切重新来过。

迈向爱的那一步，有时是需要一点点冲动还有勇气。

i
miss
you

你无需再小心翼翼地丈量自己与幸福到底相距多远。

如果你还在徘徊于不确定的感情中，纠结在两个人的未来里，不妨让自己踏上爱的旅途。

也许到了那个迷茫的边缘，你就知道你想要的是什么了……

后记

最好的尚未到来

如果某一天，
你不再记得我，
而我也将你遗忘，
那么，
时间会代替我们记得那些最美的时光。

最好的尚未到来

前年 7 月，我搭乘当日最后一趟航班，离开那个生活了将近二十多年的城市，辗转来到了大连。

历经两个多小时的飞行，走出舱门的那一刻，我闻到了这个海滨城市的味道。

距今已有两年，对于这个城市，我不再那么的陌生。

而今的我，一旦离开了这座城市，反而会有各种不安。

无法形容那种感觉是怎样的微妙，但是我无法质疑这种感觉存在的真实性。

在我人生的前二十年，我所理解的未来是存在于未知的某个角落。

二十岁后，我知道，未来就是你当下所期待的。在二十岁那年，曾看过一部电影《Before Sunset》。

故事中的男女主角相约于维也纳，从午后至黄昏，由夜晚到天明，两人的足迹遍布于维也纳的每一个角落。二人约定半年后再次于维也纳相见，可是世间的阴差阳错从未停止过，最终错失约定。时隔九年，男主角把此事写成小说，当他在新书宣传时，意外地遇见了女主角。虽说故事得以延续，但凡事终究难抵时间。

时隔数年，记忆清晰。

所以，我唯一确信的是，经历时间的洗涤，有些事，是不会变的。

这本书，满载着记忆走过的时光。

不只是因为某一个人。

我的生命里来来往往了太多的人，以为一直可以出现并停留在我生命里的人，却早已接二连三地中途退场了。

还有一些我曾以为一生不会有交集的人，在不知不觉中已成为我生命中不可或缺的一部分。

现在的我，和你，和大多数人一样，在喧嚣中活得光鲜。

一旦沉寂下来，内心的困惑、无助、压力纷涌而至。

害怕自己越来越不相信爱情、不相信他人。

数着一年还剩下多少天，担心自己的面容被岁月的皱纹一点点侵蚀……

即便活得没有安全感，也努力地相信明天会更加美好。

因此，很想对那些曾经出现在我生命里的人，还有现在无论我过的怎样，都一直支持我、陪伴我的朋友们说声：谢谢。更要感谢我的出版人耿帅先生。因为有你们，我才能拥有不一样的人生。

所谓的人生，就是在苦涩过后品尝到了其中的甘甜。

在年轻的时候不断追寻梦想，对未来依旧那么乐观，那时候的人生即便像杯苦咖啡，对于自己而言，仍甘之如饴。当老去的那天，闭上眼回顾这一生不再有苛求和遗憾，就算是幸福。

毕竟人这一生不长，再美好的时光总有走到尽头的一天，再深沉的梦总会醒来。

也许，现在的世界对我们有太多的不公，但至少我们可以相信未来。

每个人对于爱情、对于婚姻、对于人生有着不同的见解。

但是，对我而言，这些文字、这本书，不仅是内心所想，更是我在经历了一些人一些事后，对一路走来的人生最好的见证。

我一直坚信，也希望当下正在阅读这本书的你坚信：最好的尚未到来。

一个人的当下　两个人的未来

——致当下与未来执着于爱情的我们

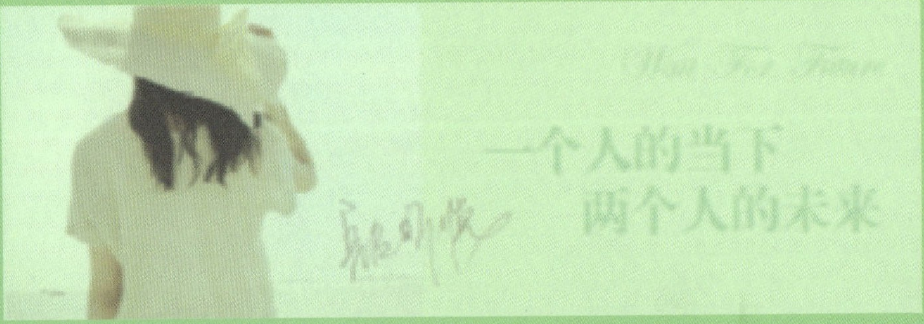
Wait For Future
一个人的当下
两个人的未来